Pour Thibaut, Michaël et Kevin

© Éditions Nathan (Paris-France), 1997 pour la première édition
© Éditions Nathan (Paris-France), 2006 pour la présente édition
Conforme à la loi n° 49956 du 16 juillet 1949 sur les publications destinées à la jeunesse
ISBN 2092509944-2
N° éditeur : 10127467 - Dépôt légal : septembre 2006
Imprimé en France

Un amour
de maîtresse

ELSA DEVERNOIS

Un amour
de maîtresse

Illustrations de Robert Barborini

 Nathan

un

Christopher
est amoureux

Le soir, maman vient me chercher à l'école. Elle raccompagne aussi mon copain Christopher. Il est dans ma classe et il habite à côté de chez moi. Sa mère ne peut pas bouger de chez elle : elle prend des rendez-vous pour les médecins par téléphone.

À la boulangerie, maman nous achète toujours un pain au chocolat. Quand il y a trop de monde dans la boutique, on l'attend dehors, devant les distributeurs. Maman accepte parfois qu'on prenne un chewing-gum à un euro. J'adore tourner la grosse manette et entendre le chewing-gum tomber. Seulement, maman ne veut pas m'acheter de jouet à deux euros. Elle dit que c'est trop cher pour des cochonneries. Je ne suis pas d'accord ! Ce n'est pas cher, c'est le prix de deux pains au chocolat !

Un jour, pendant que nous attendions maman, Christopher m'a confié tristement :

– Ma mère ne veut pas m'en acheter non plus.

Il a regardé l'appareil, l'air rêveur, et il a ajouté :

– Moi, si je pouvais choisir, je prendrais une bague.

Je me suis écrié :

– T'es dingue ! C'est pour les filles.

– Justement, ce serait pour offrir à ma fiancée.

Christopher est amoureux d'Hélène. Il la regarde tout le temps. Il trouve qu'elle est coiffée comme une princesse, avec ses nœuds ou ses barrettes dans les cheveux. Christopher dit qu'elle est belle. Moi, je pense plutôt qu'elle est chichiteuse.

Depuis que Christopher est amoureux d'Hélène, il n'est plus pareil à la récré. Avant, on jouait tout le temps ensemble et on s'amusait drôlement bien. Maintenant, il fait son intéressant. Il parle fort pour se faire remarquer d'Hélène. Il n'hésite pas à lui montrer des exercices très durs, comme l'équilibre, le poirier ou la roulade arrière tendue.

Heureusement, Hélène n'est pas dans

notre classe. Dès que la récré est finie,
Christopher redevient le Christopher
que j'aime bien.

deux

Je tombe amoureux

Après avoir déposé Christopher chez lui, maman m'a dit :

– Tu vas avoir une surprise tout à l'heure !

Elle avait un sourire mystérieux.

– C'est quoi ? j'ai demandé.

Depuis plusieurs jours, je réclamais un pistolet à eau. J'espérais bien en trouver un dans ma chambre en rentrant.

Mais maman a annoncé :

– On va avoir une visite. Quelqu'un

que tu connais. Mais tu seras gentil de ne pas faire trop de bruit.

J'aime bien quand des gens viennent à la maison parce que maman m'oublie un peu. J'en profite pour faire ce que je veux, comme manger un paquet entier de gâteaux.

Quand on a sonné à la porte, j'ai couru pour ouvrir. J'avais hâte de savoir qui c'était. Je n'en ai pas cru mes yeux : mademoiselle Chapelle, l'une des maîtresses de CE2 !

Je suis resté devant elle, la bouche grande ouverte, incapable de lui dire bonjour. Je devais avoir l'air stupide avec mes dents à l'air !

Devant mon étonnement, maman m'a expliqué qu'elle avait fait la connaissance de mademoiselle Chapelle au club de gym où elle va tous les vendredis soir. Elles sont devenues amies.

C'est comme moi avec Christopher, sauf que notre cours de gym, c'est le mardi et pas le vendredi.

Je me suis installé dans le canapé du salon et j'ai pris mon cahier de textes. J'ai écouté distraitement maman et son amie. Elles parlaient beaucoup : de l'école, de la gym, de choses pas très intéressantes. Moi, je regardais simplement mademoiselle Chapelle. Je n'arrivais pas à détacher mon regard de son visage si doux. Elle était belle ! Encore plus belle qu'à l'école. Elle ressemblait à une princesse.

Je me suis senti devenir tout bizarre à l'intérieur. Ma tête s'est mise à chauffer, mes mains transpiraient, comme lorsque j'ai de la fièvre. Une chose étrange était en train de m'arriver : je tombais amoureux de la maîtresse de CE2.

Soudain, mademoiselle Chapelle a regardé sa montre et a dit :

– Il faut que j'y aille.

À mon tour, j'ai jeté un œil sur la pendule du salon. Déjà six heures ! Je n'avais pas vu le temps passer. Je ne m'étais pas levé pour aller chercher mon paquet de gâteaux. L'idée ne m'en était pas venue.

Mademoiselle Chapelle a mis son manteau. Je me suis alors aperçu que j'avais toujours mon cahier de textes sur les genoux. Je ne l'avais même pas encore ouvert.

Maman a raccompagné la maîtresse jusqu'à la porte. Je les ai suivies. Maman a lancé :

– Au revoir, Karine. À vendredi.

Karine ! Elle s'appelait Karine ! C'était le plus beau prénom du monde !

Je lui ai tendu la main pour lui dire

au revoir. Elle me l'a serrée et m'a dit :

– À bientôt !

Et elle m'a fait un clin d'œil. Qu'est-ce que cela voulait dire ? Que je lui plaisais ? D'habitude, les clins d'œil, on en adresse seulement à des gens qu'on aime bien. Ou à une personne avec qui on partage un secret... Oui, c'est ça ! Elle me faisait comprendre qu'elle me trouvait mignon. J'étais tellement ému que, si je n'avais pas eu un mur derrière mon dos, je serais tombé à la renverse.

trois

Le spécialiste

LE lendemain, j'ai battu le record de vitesse du petit déjeuner et de l'habillement. Je voulais arriver le premier à l'école pour voir Karine. Manque de chance, elle est apparue seulement quand la sonnerie retentissait.

Elle est passée en courant près de moi. Elle ne m'a pas fait de signe. Elle n'a pas dû me voir !

Heureusement, comme tous les

jours à dix heures, elle surveillait la cour de récréation.

J'ai organisé une bataille de cow-boys et d'Indiens. Je courais à travers la cour, bras tendu en avant, en tirant des coups de feu. Pan ! Pan ! C'était moi qui criais le plus fort et qui sautais le plus haut.

Comme Karine ne regardait toujours pas dans ma direction, je me suis mis à faire des exercices difficiles : le poirier, l'équilibre pieds tendus... Au milieu d'une roulade-écart, je me suis arrêté net. Je pensais à Christopher. Sans m'en rendre compte, je venais de faire comme lui quand il essayait de plaire à Hélène.

D'ailleurs, Christopher s'en est aperçu.

Il est venu vers moi et il m'a dit :

– Qu'est-ce que tu as, aujourd'hui ? Je ne t'ai jamais vu aussi excité !

Je lui ai avoué que j'étais amoureux de Karine. Il était drôlement impressionné. Lui, il n'était jamais tombé amoureux d'une maîtresse. Je lui ai dit que c'était un secret et qu'il ne fallait le dire à personne. Il a promis, juré, craché.

À présent qu'il était au courant, je pouvais lui demander des conseils :

– Dis, comment tu fais, toi, avec Hélène ?

Il a pris un air gêné pour me répondre :

– Je ne peux pas te dire. Je ne sais plus si je suis amoureux d'Hélène ou de Marie. J'hésite.

– De Marie ?

– Oui, elle sait jouer au foot.

Tout à coup, quelqu'un m'a tapé sur l'épaule. Je me suis retourné. Karine !

– Bonjour, Lucas, m'a-t-elle dit.

Je me suis senti devenir tout rouge. J'ai bafouillé :

– B'jour.

– J'ai pris par erreur ce stylo chez toi, hier soir. S'il te plaît, tu veux bien être gentil de le rendre à ta maman.

J'ai fait oui de la tête et j'ai pris le stylo.

Quand elle est repartie, Christopher m'a regardé, admiratif, et il a dit :

– C'est plutôt à toi que je devrais demander des conseils. C'est toi qui sais comment faire pour séduire les filles.

J'étais fier. Fier et heureux. Karine m'avait appelé par mon prénom et elle avait prononcé le mot « gentil ». C'était sûrement un signe. Comme le clin d'œil d'hier soir.

quatre

La récréation
de dix heures

Lₐ récréation de dix heures sur-
veillée par Karine, c'était le moment
préféré de ma journée. Si je ne la
voyais pas en arrivant dans la cour,
j'étais inquiet. J'avais peur qu'elle
soit malade. Mais dès que je l'aperce-
vais, je devenais le Lucas le plus heureux de la terre.

Karine était toujours aussi belle.

Pour être plus près d'elle, j'ai décidé

d'arrêter de jouer au foot. Du terrain, je ne la voyais pas assez bien. Et, comme j'étais peu attentif au jeu, je me faisais toujours attraper par les autres. Je me suis fait remplacer par Marie. Christopher était content. C'était fini avec Hélène. Maintenant, c'était de Marie qu'il était amoureux.

Puisque je ne faisais plus de foot, je devais trouver une autre occupation. J'ai emprunté un livre dans la bibliothèque de mes parents. Il fallait que je lise beaucoup pour devenir rapidement très intelligent comme Karine. Je m'asseyais par terre et j'essayais de lire. Mais c'était difficile : le livre de mes parents n'avait aucune image. J'ai fini par prendre un livre dans ma bibliothèque. Mais pas une BD !

Le plus terrible, c'étaient les jours sans récréation de dix heures. Je me

suis mis à détester les mercredis et les
dimanches parce qu'il n'y avait pas
école. Heureusement, ma petite sœur
Noémie venait m'embêter. Comme
j'étais très occupé à me disputer avec
elle, les journées passaient vite.

Un jour, pendant la récréation de dix
heures, j'ai vu Karine discuter avec un
maître de CM2. Ça m'a énervé. Je ne
sais pas ce qui m'a pris. Je suis allé
me planter entre eux deux. Karine m'a
regardé avec ses yeux si doux et elle
m'a demandé :

– Quelque chose ne va pas, Lucas ?

Je ne savais pas quoi répondre. J'ai
marmonné :

– Euh... je me suis foulé le doigt, je
crois.

Elle a pris ma main dans la sienne,
l'a tournée dans tous les sens.

– Ça te fait mal quand j'appuie là ?

– Non.

Ça me faisait même plutôt du bien
qu'elle caresse ma main.

– Et là ?

– Non.

– Et là ?

– Non, non.

Finalement, comme je n'avais mal
nulle part, elle m'a dit que je pouvais
retourner m'amuser. Mais après, j'ai
vu qu'elle ne discutait plus autant avec
le maître des CM2. Elle surveillait
davantage la cour. Et elle me regardait
de temps en temps. J'avais gagné !

cinq

La bague de fiançailles

INSTALLÉ dans le salon, je faisais tranquillement mes devoirs. Maman était partie téléphoner. En revenant, elle a annoncé :

– Karine va venir dîner à la maison, jeudi prochain.

Je me suis retenu de ne pas hurler de joie. J'ai refermé mes cahiers. C'était inutile d'insister, je n'arriverais plus à me concentrer sur mes devoirs ce soir.

Karine ! Karine allait venir chez moi !

Je n'arrêtais pas d'y penser. Je me répétais dans la tête ce que je lui dirais : « Karine ! Je suis amoureux de vous. Bientôt je serai grand et je pourrai vous épouser. »

J'espérais qu'elle voudrait bien attendre quelques années parce que je n'avais pas encore l'âge de me marier.

Et, pour lui montrer que je l'aimais, je lui offrirais un cadeau, comme le font les amoureux.

Il ne me restait plus qu'à acheter un cadeau. Heureusement, j'avais réussi à économiser de l'argent. Trois euros.

Le lendemain, après l'école, maman est entrée dans la boulangerie acheter nos pains au chocolat comme d'habitude. Christopher et moi, nous sommes restés devant la boutique.

J'ai glissé ma pièce de dix francs

dans le distributeur de jouets. Avant
de tourner la manette, j'ai fermé les
yeux et j'ai prié tout bas :

« Pourvu que ce soit une bague !
Faites que ce soit une bague ! »

J'ai retenu ma respiration et j'ai tourné la manette. Bling ! Une boule en
plastique est tombée. Mes mains trem-
blaient quand je l'ai ouverte. À l'intérieur, il y avait... une bague jaune. J'ai
failli crier tellement j'étais heureux.
J'allais pouvoir offrir une bague de
fiançailles à Karine jeudi soir.

Soudain, j'ai vu ma mère sortir de la
boulangerie. J'ai paniqué ! Elle ne
veut pas que j'achète des trucs comme
ça. Si elle s'apercevait que je lui avais
désobéi, ça allait être ma fête.

À toute vitesse, j'ai mis la bague
dans la poche de Christopher :

– Tiens. Prends-la !

Maman nous a tendu nos pains au chocolat. On a vite eu la bouche pleine et on n'a plus parlé.

Nous sommes arrivés devant chez Christopher. Maman s'est mise à discuter avec sa mère. Christopher s'est alors tourné vers moi et m'a dit :

– C'est sympa mais ce n'était pas la peine !

Qu'est-ce qu'il racontait ? Ce n'était pas la peine de quoi ?

– Je n'en ai plus besoin, de la bague. Parce que je ne suis plus amoureux de Marie. Elle a dit qu'elle était amoureuse de Quentin.

Christopher avait cru que j'avais pris la bague pour lui ! Il avait l'air tellement ému de cette attention que je n'ai pas osé le contredire. Je ne pouvais pas lui dire maintenant que je voulais l'offrir à Karine ! Je me suis donc forcé à prendre un air un peu désolé :

– Tant pis, je la garde.

– Qu'est-ce que tu vas en faire, alors ?

J'ai répondu, en adoptant le ton le plus naturel possible :

– Je la donnerai à ma sœur !

Il a eu l'air de me croire.

six

Mauvaises nouvelles
en série

ENFIN, le jeudi est arrivé. Toute la journée, j'ai eu le ventre noué parce que j'allais devoir parler à Karine comme un adulte, le soir. J'avais le trac comme lorsque je suis monté sur scène l'an dernier pour le spectacle de fin d'année.

À l'heure du dîner, je suis allé glisser la bague dans l'assiette de Karine, sous sa serviette. Je me suis ainsi aperçu qu'il y avait six couverts. J'ai demandé :

– Pourquoi il y a une assiette en plus ?

Maman a répondu, mystérieusement :

– Tu verras bien. C'est une surprise.

Enfin, on a sonné. Je me suis précipité dans l'entrée. Mon cœur battait à toute vitesse dans ma poitrine. La porte s'est ouverte sur Karine, encore plus belle que d'habitude. Mais elle n'était pas seule. Il y avait un grand monsieur brun à côté d'elle. Ce devait être son frère ; il était beau comme elle. Il ressemblait à Zorro dans les histoires de Zorro à la télé. Grand, mince, tout à fait le genre prince charmant. Je me suis approché de lui et je lui ai serré la main. Pour Karine, je ne savais pas quoi faire. Je n'osais même pas m'avancer vers elle. C'est elle qui est venue vers moi et qui m'a fait la bise. Elle avait les joues douces.

Karine a dit à Zorro :

– Patrick, je te présente Lucas. C'est un petit garçon très attachant. C'est dommage, j'aurais pu l'avoir dans ma classe l'an prochain.

J'ai bredouillé :

– Pourquoi « j'aurais pu » ?

– J'ai demandé à avoir une classe de CP l'année prochaine, a simplement répondu Karine, comme s'il s'agissait d'un détail.

J'aurais reçu un coup de bâton sur la tête, ça ne m'aurait pas fait plus mal. J'ai retenu mes larmes en faisant de gros efforts. Pour me consoler, je me disais : « Sois fort, Lucas ! Tu verras toujours Karine à la récréation. »

Mais le pire est arrivé ensuite, quand Karine a annoncé :

– On a enfin choisi la date de notre mariage. Ce sera en juillet prochain. Le premier week-end ! Si vous êtes libres...

Patrick n'était donc pas le frère de Karine. Et il allait épouser ma fiancée. J'ai eu l'impression que mon cœur se brisait en mille morceaux.

Au moment de passer à table, j'ai soudain repensé à la bague. Horreur ! Elle était restée sous la serviette de Karine ! Karine allait la trouver. Elle comprendrait tout et me trouverait ridicule ! Pour qui je me prenais ? Comment avais-je pu imaginer que, moi, un petit garçon, je pourrais me faire remarquer d'une maîtresse ? Je n'étais pas de taille ! Tout le monde allait se moquer de moi. C'était terrible ! Mais c'était trop tard, je n'avais plus le temps de récupérer la bague.

Karine s'est assise devant son assiette. Elle a tendu la main vers sa serviette. Mon cœur s'est arrêté de battre.

– Tiens, qu'est-ce que c'est que ça ? s'est-elle exclamée.

– On dirait une bague, a répondu Patrick.

– Qu'est-ce qu'elle fait là ? a demandé maman, en se tournant vers nous, les enfants.

Bien sûr, je n'ai rien répondu. Mais ma sœur Noémie s'est écriée :

– Ah oui ! Je la cherchais partout ! J'ai dû l'oublier là quand j'ai mis le couvert.

Elle ne manquait pas de culot ! D'abord, elle savait très bien que la bague n'était pas à elle, qu'elle ne l'avait jamais vue de sa vie. Et, en plus, elle n'avait même pas mis le couvert.

Mais je n'ai pas protesté. Après tout, c'était mieux comme ça.

Ce dîner a été le repas le plus long de ma vie. Karine tenait la main de son Patrick. Elle le mangeait des yeux. Elle lui souriait et ses yeux s'illuminaient à chacune de ses paroles. À moi aussi, elle avait déjà souri. Mais pas aussi fort. Son Patrick, elle le couvrait de son regard amoureux. À côté de lui, je n'aurais jamais eu aucune chance. Moi, je n'étais encore qu'un minus. Je n'avais rien à faire dans les amours de grands.

Épilogue

Lᴇ lendemain, à la récré de dix
heures, je suis allé jouer au foot. Loin
de Karine. Mon histoire avec elle était
terminée puisqu'elle aimait quelqu'un
d'autre.

Marie était sur le bord du terrain.
Elle gloussait avec Hélène en me
montrant du doigt. J'avais l'impression qu'elles se moquaient de moi. Ça
m'énervait. Je ne jouais pourtant pas
si mal.

Marie s'est finalement approchée de moi. Hélène est devenue toute rouge et je l'ai entendue crier :

– Si tu lui dis, t'es plus ma copine !

Marie m'a soufflé à l'oreille :

– Tu sais, Hélène, elle est amoureuse de toi.

Je ne savais pas quoi dire. J'ai répondu sèchement :

– Ça ne m'intéresse pas vos histoires. Pousse-toi, je joue !

Mais j'ai regardé Hélène. Je l'ai trouvée belle, avec ses nattes qui couraient sur ses épaules. Elle me souriait. Je lui ai souri à mon tour.

TABLE DES MATIÈRES

Elsa Devernois

Elle a découvert sa vocation en passant des vacances avec ses neveux : elle lisait jusqu'a cinq fois de suite la même histoire ! Depuis, elle écrit pour les enfants de tout âge des histoires tendres et humoristiques.

Robert Barborini

C'EST LA VIE !

▷ Série *Le journal d'Andromaque*
de Natalie Zimmermann, illustrée par Véronique Deiss

Le plus beau jour de sa vie

La maîtresse se marie et toute la **classe** est **invitée** ! Mimi est dans **tous ses états** : elle doit apprendre un poème, s'arranger pour que Médhi soit son cavalier et trouver une robe plus belle que celle de Salomé ! Préparer un **mariage**, c'est pas de la tarte !

Le philtre d'amour
de Evelyne Brisou-Pellen, illustré par Irina Karlukovska

Sophie n'aime pas qu'on la dérange. Elle est très bien **toute seule** à sa table. Alors quand la maîtresse installe le **nouveau**, Olivier, à côté d'elle, Sophie est agacée. Pour la peine, elle ne lui parlera pas à ce **garçon** !

HUMOUR

Frite Story
de Sarah K., illustré par Gaëtan Dorémus

Voici enfin l'histoire tant attendue de la **plus célèbre** des pommes de terre : Mademoiselle Parmentier. Son **destin hors du commun** fait d'elle une légende et un modèle auprès de toutes les patates. Toute sa vie, elle a poursuivi son **rêve** : devenir une **frite** !

Dico Dingo
de Pascal Garnier, illustré par Jochen Gerner

« Une place pour chaque chose et chaque chose à sa place. » C'est comme cela chez les Robert ! Mais Robert Robert a fait tomber le **dictionnaire** : plaf ! tous les **mots** sont par terre. Depuis, c'est la **pagaille** chez les Robert…

Contes

Un beau jour pour être riche
de Patrice Favaro, illustré par Renaud Perrin

Jagan et son père, Sriram, sont des **saltimbanques** qui montrent un numéro de marionnettes. Un jour, dans le bol posé à leurs pieds, apparaît un **billet de 500 roupies** : une fortune ! Que faire de toute cette **richesse** ?

Les neuf maisons de Kouri
de Claire Ubac, illustré par Christophe Blain

La première **maison** de Kouri est douce et tiède comme l'eau où il baigne : c'est le **ventre** de sa **mère**. Il ne veut pas en sortir. Pourtant, un jour, une voix lui dit : « C'est la vie, il est temps de **sortir**, Kouri ! »

fantastique

Le livre qui rend chèvre
de Agnès de Lestrade, illustré par Aliocha Blau

« Celui qui lira ce **livre en entier** se transformera en **chèvre**. Pour conjurer le sort, il devra **embrasser** une autre chèvre sur la bouche… ». Achille, le meilleur copain d'Igor, **a lu** le livre…

Le plus grand combat de SuperBonhomme
de Alain Pradet, illustré par Pronto

Démona passe son temps à faire **le mal** sur la planète. Aujourd'hui, elle sème la panique auprès des passagers d'un avion. **SuperBonhomme**, lui, est toujours là pour faire **le bien** et sauver le monde. Arrivera-t-il à temps pour éviter le crash de l'avion ?